마음

마음의 눈을 뜨게 하는 지혜의 詩

바람이 불 때는 바람 따라 가고요
비가 오면 비를 맞지요
사는 삶에 마음 없으면 삶이고 그것이지요
세월 가도 탓하지 않고 나는 그냥 살아가지요
좋고 나쁨 모르고 살아가지요
'순리' 중에서

우 명 禹明

마음수련 명상의 창시자이며 인간 완성의 철학과 방법을 알려온 철학가, 강연가, 저술가이다. 삶과 존재에 대한 깊은 성찰 끝에 진리가 된 후, 사람들이 진리가 될 수 있도록 하는 데 헌신했다.

저서 〈이 세상 살지 말고 영원한 행복의 나라 가서 살자〉 영문판은 아마존 베스트셀러 종합 1위를 기록하였으며 다수의 철학 분야 도서상을 수상했다. 〈진짜가 되는 곳이 진짜다〉 영문판은 미국 에릭 호퍼 어워드에서 수여하는 '몽테뉴 메달'(2014)을 한국인으로서는 처음 수상했다.
〈하나님 부처님 알라를 만나는 방법〉은 미국에서 영역본 〈How to Have a Meeting with God, Buddha, Allah〉가 먼저 출간되었고 월스트리트저널, 반스앤노블 베스트셀러 종합 1위, 아마존닷컴 철학 영성 분야 베스트셀러 1위, USA투데이 베스트셀러에 올랐다. 이어 <살아서 천국 극락 낙원에 가는 방법> 또한 영문 <How to Go and Live in Heaven, Paradise, and the Land of Bliss while Living>이 먼저 발행되며 화제가 되었다. 이외에도 〈살아서 하늘사람 되는 방법〉 〈세상 너머의 세상〉 〈하늘의 소리로 듣는 지혜의 서〉 등 진리에 관한 저서 십여 권을 출간했다.
우 명 선생의 저서들은 영어, 스페인어, 프랑스어, 이탈리아어, 스웨덴어, 헝가리어, 포르투갈어, 일본어 등 세계 여러 언어로 번역, 출간되고 있다.

차례

[3부] 유정

[4부] 인식

[5부] 완전

[6부] 개벽

서시(序詩)

버들피리 불던 시절
냇가에 꿈 키우던 시절
내가 없이 살아보니
그리움으로 변했구나
인생 살면서 모든 이는
추억의 꿈이 있지
희망의 꿈을 꾸나
사람들은 할 것 못하지
꿈을 먹고 사는 인생
허무한 인생인 줄 모르고 살지

꿈을 깨고 보면 덧없음을 알지
덧없다고 탓하지 말고
있다고도 뽐내지 말고

없다고도 한숨 쉬지 마라
인생은 일장춘몽이나
꿈이 없으면 희망도 없고
꿈꾸게 인생은 되어 있지
슬픈 시절이 다 가도
가진 것은 하나 없네

나는 이미 있되
없는 삶을 살고 있기에
누가 나에게 뭐라고 말을 해도
나는 나를 떠났네
살고 있으니 나지
있는 가운데 없구나
없는 가운데 있구나
있고 없고 동질이구나
내 마음이 없음을 볼 수 있으나
없는 마음 가진 자가 세상에 없어
나 혼자 알고 고독에 잠기누나

잃어버린 사람이 좋아선지
사람은 사람이 좋고 평인이 좋고
튀는 이 불행한 줄 이제사 알겠구나

도 할 때는 단지 누구보다
도력 높아보려고만 했는데
인간을 참으로 구원하라는
하늘이 준 짐을 내가 수행할는지
눈앞이 캄캄하구나
자다가도 일어나고 꿈속에서도 헤매니
너무나 크고 벅찬 짐이라
걱정 있으나 마음은 없네
내 마음 어디로 달아나고
나만 앉아 이 글을 적고 있구나

삶

제1부

순리

바람이 불 때는
바람 따라 가고요
비가 오면 비를 맞지요
사는 삶에 마음 없으면
삶이고 그것이지요
세월 가도 탓하지 않고
나는 그냥 살아가지요
좋고 나쁨 모르고 살아가지요

자연

산새는 산에 살고
강새는 강에 살고
바다새는 바다에 산다
모든 것은 제 곳에 산다
모든 것은 제자리에 있다
사람은 사람 속에 몰려 산다
일체의 모양은 삶의 모양이라
모양에 의하여 가지는 마음도
모두가 다르구나
새는 허공을 날아만 가고
산짐승은 산속에서 울고 있구나

별

창밖에 빛나는 수많은 별은
누구 마음 아니건만
모두가 질서 지켜
제자리에 있구나
일체는 그냥 있으나
모두가 순리라
저절로 되어지는 것이지

구름

저 멀리 뭉게구름
두둥실 떠간다
가는 구름
구름 보는 것이 나이더라
그 구름이 참인지
참이 아닌지
나는 모르고 구경만 하구나

가던 구름
어디론가 사라지고 보니
하늘만 남고
구름이 간데없네
구름에 매이어 살고
나는 생각하니 구름이었는데
나는 그냥 그 구름이
구름이 아니더라

하늘

저 푸른 하늘을
하염없이 날아본다
가고 가도
나는 그곳의 그 자리
하늘을 쳐다본다
나는 말없이 가버린
내 마음 찾으나
그 마음 온데간데없어지고
나는 파란 하늘 전부가
나 되어 있게 되었네
나는 말없이 하늘을
알고 있게 되었네

돛배

지나가는 돛배가
고고하고 평화롭고
아름답게 보이나
돛배는 안 그렇지
파란 파도 가르며
흰 돛대 올려 가는 배
그 돛배 고독하지

인간도 돛배 타고
고고한 양 하늘 이야기하는 것도
하나의 외로움
외로움이 무엇이냐
사람들이 모르고
사람들이 알지 못하고 있는 것이지
동승자가 없음도 외로움이지

코스모스

한들한들 코스모스는
찬바람 찬 서리에도
길에 피어 아름답고
한들한들 코스모스는
연약하면서 강하나
세상 나서 좋은 환경으로
온도 습도에 약한 꽃은
시들어 버리지

꽃이 강하고 만물이 강한 건
모진 풍파 속서 견디고 참으며
그런 환경서 모질게 자란 거지
가난한 이가 어려운 일하며
살아가다가 쉬운 일 만나면
감사하고 고마워하지

추억

추억은 사람마다 가지고 있지
추억이라고 하면 지나간 기억이지
지나간 기억이 마음의 뿌리 되어
현재를 만들지
현재는 그 업에 의하여 살아가고 있지
업이란 지나간 하나의 추억이지
그 뿌리는 깊기도 하지

전생의 업에 의해 현생을 살고
현생은 하나의 전생이니
지금 사는 것은
나의 추억에 의해 운명이 결정되지
지나간 일이 부질없고
현재의 것이 부질없을진대
부질없는 인생의 추억에
연연함도 가짐도 없어야지

인생의 최고는 한 가지 있지
인간의 추억을 모두 불사름이지

인간의 추억을 불사름이란
업을 모두 불사름이니
짐에 의하여 가졌던 고통도
후세에 죽은 뒤 자유가 되지

업 가지면 그 업의 심판을 또 받지
인생은 하나의 추억인
업에 의해 사니
마음이 없는 이가 하늘 닿지
마음이 가난하다 없다는 말은
추억이 없음이지
추억이 없음이란
사람의 마음에 가짐 없음이지

길

걷는 이는 걸어가고
뛰는 이는 뛰어간다
사람이 가는 길은 수십만 가지나
사람들은 어디로 가는지
알지 못하면서
바삐 바쁘게 가고 있구나

가는 곳도 가는 길도
바른 것인지
사람이 알고 갔으면 좋겠다
가는 길에
시비가 없는 삶 사는 것은
자기 없음이라

팔자

진리 찾으려 애쓰는 사람은
진리를 찾을 수 있지만은
찾지 않는 자는 찾을 수 없고
진리가 무엇인지 알지 못하나
사람의 업을 무시치 못하는 까닭은
그 업에 사람의 팔자가 주어지니
사는 삶의 모두는 업이라
사는 삶의 모두는
자기의 관념 관습이지

삶

사는 것이 무엇이냐 물으면
사는 것도 죽는 것도
없다고 말을 하지
이 세상에 모든 것은
삶 죽음이 있는 삶
일체의 현상은 인생에 의함이라
조건에 의하여 세상에 왔다가
조건에 의하여 세상을 가지
많은 사람의 사연도
일체가 진리이지 않지

인생

인생은 참 아닌 허이니
인생에 얻을 것 받을 것
가질 것도 없으니
인생을 노래하고 찬미하는
소리는 모두가 허이라
사람아 늙기 전
인생이 무엇이고
인생이 온 곳 갈 곳 알고 살아라

그것을 못 찾고
인생이 덧없는 세월 속에
비관하고 살아서 무엇 하나
인생은 하나의 자기 삶을 살지만
그 자기의 삶을 벗고
참의 자기 찾아라
그래야 참 인생이지
그곳에 참이 있지

괴로움

사람의 괴로움
사람의 가진 마음에서
나오는 것이라
자기가 없으면
일체가 없는 것이라
그 짐은 누가
만든 것이 아니라
자기 삶에서 생긴
자기의 표현이라

속박

마음이 사람을
괴롭히는 것은
다름 아닌 그 마음이
살아왔던 분위기의 연속이니
살아왔던 분위기가 업이 되니
업이란 하나의 짐이지
짐은 자유의 속박이지
속박은 하나의 구속이지
구속은 자유이지 않으니
그 속에 속함이지
이런 것이 마음의 짐이고
업이고 하니
모두가 해탈해 갈 곳 가야
참의 길 갈 수 있지

한(恨)

마음의 한은
마음은 우주이므로
마음에 하나의 한을 품으면
그 마음이 만상에 미치지
마음이란 원래 온데간데없지만
마음이란 그냥 있는 모든 것
그러니 그 마음에 한이 있으면
이 우주의 한이 되지
한이 없는 마음이어야
맑은 마음이고
한이 있는 마음의 독은
만물과 사람에게 나누어지지
마음의 한은
원래 없는 것이지

잘난 이

세상 나서 저 잘난 사람은
세상 나서 저가 똑똑한 사람은
다름 아닌 못난 사람
저가 저 다리 감고 있는 사람
사람은 잘난 이가 무엇이냐
잘난 이는 다름 아닌 잘남이 아닌 자지

온갖 것 다 가지고 사람은
또 더 가지려 노력하고 있지
그것은 다름 아닌 가지는 데 문제 있지
가진 것이 짐이고 업인데
거기에 도 하나 더 득하려니
사람은 욕심이 너무 많지
그러니 잘난 이는 도 얻기 힘들지

세상

하도 이 세상에는
말도 많고 시끄러워
사람의 뜻으로 되는 것이 없는데
자기가 잘나 자기가 세상 만드는 줄
사람이 생각하고 살아가지
하늘은 말이 없으나
말 많은 세상에 사람이
짓고 부수는 수많은 형상 속에
인간은 덧없이 늙어 없어지고
그 업으로 없어져 또한 사니
그 업의 두께 모르고
진리에 들지 않으려 하니
이 세상에서 가장 비참한 건
다름 아닌 그 자기의 마음이라

하늘이 언제
이래라 저래라 말하지 않았고
하늘은 뜻도 계획도 없이
그냥 있으나

괜히 인간만
창조니 탄생이니 말 만들고
그대로 있는 것이 실의 존재인 줄
눈 어두워 모르고
그래도 사람은 잘났다고만 하나
뱀 같은 마음에
무엇이 약이고
무엇으로 가르쳐야 할지가
앞이 캄캄한데
하늘의 뜻은 그대로 하늘이니
또 괜찮은 마음 들구나
사람을 살린다고 하니 말이다

사심(蛇心)

뱀 같은 마음에
하늘을 쳐다본다
그 하늘은 뱀 같은 마음은
받지를 않는다
하늘은 마음에 따뜻함 실어
그 마음 전달해야 하늘은 받는다
몸은 차고 지혜 안 가지고
머리로만 하는 공부
하늘과 멀다
온몸의 따뜻한
온기 있는 마음으로
참회를 해야 하늘이 받고
그 온기 없으면
하늘은 받지 않는다

뱀 같은 마음으로
하늘을 생각하고
뱀 같은 마음으로
하늘에 성 쌓으나

하늘은 일체의 허는 용납 않는다
하늘은 참만이 허용하고 산다
그저 머리로 그저 얕은 술수로는
하늘의 참뜻
닿지 않음 명심해라
너와 나는 하나이고
그 하늘이 하나이나
이 뜻을 모르면
미아 중 미아이지

본능

살아가는 모든 것은
자기의 본능이 있지
본능이라고 하는 것은
형태에 있는 것이지
자기 형체의 모든 것은
자기 꼴대로 살지

마귀

마귀라는 것은
자기 자신이 마귀이지
마귀라고 하는 것을
외부에 있는 줄 알고 있으나
자기가 마귀이라
이놈은 가짐이고 집착이고
자기를 가진 놈이라
자기 업습에서 사는 놈이
마귀라는 놈이라

망상

삶이 있어
그 삶에 생긴 번뇌망상은
자기의 잔유물인
헛된 마귀의 짓이라
부처님 하나님 성전에
마귀가 집을 짓고
자기가 왕의 짓을 하니
그것을 몰아내야
자기가 부처님 하나님의
분신임을 알 수 있지

축귀(逐鬼)

마귀를 쫓는 사람 피눈물 나누나
마귀는 자기가 가진 마음의 상이라
마귀가 나가면 하나님과 일치하지
둘 아닌 세계가 내 마음속에 있지
그 마귀 쫓아내니 내 몸에
마귀가 살던 유령의 집이 남았구나
오랜 세월 마귀가 살다 가서
벌레의 수도 많고 종류도 많구나
그것이 나의 망념망상의 근원이었구나
그 벌레 부지런히 잡아서 신선 되세

꾸짖음

인간이 바라는 건 자기의 편안함이지
편안함이란 잘 먹고 잘살고 걱정 없음이지
잘사는 삶은 자기를 뒤돌아보지 않으니
잘사는 삶이 하늘에 닿기가 힘들지

참은 요란한 곳에 있음도 아니고
인간이 생각하는
호화스런 겉모양에 있지도 않으니
잘사는 이들이 참을 따르겠나
세상이 저희 멋대로 되기를 바라니
그것이 바로 어리석음 아니냐

향도 냄새도 없는 참을 저가 잘나
형체 얽매인 사람들이 찾겠느냐
그 뿌리가 깊고 깊어 벗기가 힘들고
저희 가진 것 중히 여기니 올 길이 멀구나
천의 하나 만의 하나
가지지 않은 자보다 따르기가 힘드누나
가련한 저 신세를 자기는 모르고

잘난 체하는데
내가 보니 최고로 불쌍한 사람이다
가련한 저 중생아 불쌍한 저 중생아
너희는 황금으로 세상을 사려 하나
죽음은 너희가 책임을 못 지겠지
그때의 사람 멸시
죽어서 나를 보리라
너희는 보리라

지혜로운 농부는
봄여름 열심히 씨 뿌리고 가꾸어서
가을의 열매로 겨울을 나지
하늘에 씨 뿌리지 않고 가꾸지 않다가
육신은 호의호식하다 그 육신이 늙었을 때
후회해도 통곡해도 때가 늦은 일이다
그것을 명심해라
너희는 알아라

석양

갈 곳 모르는 어린 양에게
갈 곳을 말하여도
사람들 알지 못하고
삶을 살아가는구나
인생이 두 번 없는데
하루해가 지면
통곡하며 살아가야 할 것이라

고향

고향에는 변함없이 꽃이 피건만
고향 떠나간 이가 시체 되어 오니
고향이 세상에서 가장 좋은가 보다
그리던 고향을 한 번도 못 온 것은
객지에서 먹고살기 바빠서이지
바쁘다는 것은 다름 아닌
먹고삶이 힘들다는 것이지
사는 것은 하나의 인생의 과정이나
인생은 목적 없이 세월만 축내지

세월 속에 인생 있듯이
몸 태어난 곳이 고향이나
객지에서 고향 담고 살지
그러나 그 고향을
살았던 이도 뜻 모르고
죽은 이도 뜻 모르는 건
다름 아닌 자기 가짐 때문이지
나 오기 전 그곳이 참 고향인데
몸 온 곳을 고향이라 착각 속에 살지

고향은 말이 없이 있건만
지나간 세월 속 있던 인연 잃어버리고
그저 마음에만 간직한 채
아쉬워하고 그리워할 뿐이니
고향은 나에게 그저 고향일 뿐이구나
나의 고향 몸 태어난 그곳이 아니니
나만의 공허한 하늘에
고향 집 짓고 그리워하구나

업

제 2 부

낮과 밤 | 빛 | 불로초 | 애락(哀樂) | 자연 | 습성 | 몸값 | 진리 | 한숨 | 천수(天壽) | 인간 | 선인(先人) | 무심 | 나 | 업(業) | 무아(無我) | 욕심 | 주인 | 생각 | 복 | 세심(洗心) | 허상 | 집착 | 짐

낮과 밤

잘산다 자랑 말고
못산다 한숨 쉬지 마라
세상 삶도
낮과 밤이 있는 법
시비 말고 있어라

빛

세상을 원망하며
살고 있는 사람들아
이제는 울음 그쳐라
이제는 눈물 거두어라
세상 일체의 빛이 세상에 왔지
모든 것 우주의 뜻이나
사람들은 이것 모르고
자기가 산 삶에 매여 있구나
자기에 속아 살구나

불로초

진시황이 찾던 불로초
세상에 없지
그것은 자연의 순리 몰라서지
일체의 자연은 있는 것 그대로지
왜냐하면 만상은 조건의 수명이 있지
일체 만상은 조건에 의해 왔다가
조건에 의해 가지
조건이란 그 수명의 여건이라
번뇌 속에 있는 자 슬피 우는 자
모두가 진리 속에 그냥 있어라
산천과 초목이 변하여가도
세월을 팔아먹고 살아가도
모두가 그냥 있는 진리이어라
사람은 그것을 시비하누나
나만이 고독 안고 진리에 사나
사람들은 나의 뜻을 모르고 살고
저가 아는 거짓에 속아 살아가니
말없이 가고 말없이 와도
뜻을 모르고 긴 한숨 짓구나

애락(哀樂)

흐르는 세월은 유수이라
그 흐름에 인간이 웃고 울고
이유 없이 있구나
모든 것은 잘 살고 있는데
자기가 울고 웃고 있구나
모든 것은 자기가
짓고 부수는 마음이라
그것은 삶이 있어 있는 것
사람이 이유 모른다
사람은 이유 몰라
가슴 치고 서러워한다
완전함 갖춘 자기 몰라서라

자연

흘러가는 강물은
다시 돌아 돌아오지 않듯
세월도 지나가면
다시 돌아오지 않음이
자연의 법칙이라
모든 것은 자기의
마음에서 일어나는 일이라

습성

춤으로 사는 사람은
춤으로 살아가고
노래하는 사람은
노래로 살아가구나
그것을 그것으로
모든 것이 진리나
일체의 마음에
머무름이 없어야지

몸값

처녀는 처녀 값을
총각은 총각 값을 하고 사는 것은
자기가 처녀 총각이라는 데 있지
자기가 값 정하고
자기를 파는 것이지
처녀 총각은 제 생각만 하고 살지

진리

때 묻은 옷자락에
옷이 안 보이지
마음의 때는
진리가 안 보이지
마음 없음이
바로 마음이지

한숨

세월이 벗 되니
인생을 산다
흐르는 세월 따라
인생 헤쳐나간다
추억과 한숨이
한으로 남아라

천수(天壽)

늙은이는 늙은 대로
젊은이는 젊은 대로

사는 삶 같지만
생각이 다르구나

사람이 오래 살면
사람은 버림 가지지

버림이라고 하는 것은
자기가 없음이지

자기가 없음이란
다름 아닌 아상 벗음이지

아상 벗음은 다름 아닌
기억을 버림이지

그래서 사람은
제 명에 죽어야 하지

인간

세상에서 둘도 없는 것은
다름 아닌 하나의 인간
인간이 없으면 하늘은 뜻 없지
스스로 인간이 짓고 부수고
인간이 우주의 문제이어도
하늘은 사랑으로
하늘의 나라 만들어
인간을 살리게 하지
사람이 나오듯 하늘도 마찬가지
신으로 하늘은 영생시키지
인간이 하늘이니
우주가 저절로 그렇게 만들지

선인(先人)

그 옛날 한 옛날에
인간이 살았지
무슨 이유도 모르고
삶을 살았지
인생이 무엇이고
사랑이 무엇인지
사람 알지 못하고 살았지

이유 뜻도 모르고
저세상 갔지
간 후로 사람은 오지 않았지
말 없는 수많은 사연도
없어지고 말았지
무엇을 위해 살았는지
후인은 모르지

무심

가련한 아낙네는 한양 간
무심한 남편을 생각하며
한숨을 쉬고 있구나
무심이란 마음 없음이나
남편의 마음은 관심이 없으니
무심인 것이지
내 마음 일체 없는 무심은
진리에 서는 것이지

나

하늘 소리 땅 소리
달리 있음 아니고
모든 것은 내 속에 있어라
일체의 마음은
그 또한 내 속에 있어라

사람이 분별 짓는 수많은
하늘도 내 속에 있어라
끝없는 우주도
내 속에 있어라
모든 것이 나이어라

업(業)

생각하는 마음이
사랑하는 마음이
모두가 사람의 생각이라
일체는 모두 자기의
잘잘못에 운명이 있고
일체는 그 속에서 울고 하니
그것이 나의 업이라
그것에서 사람이 해탈해
살아야 하는 것이지

무아(無我)

내 마음 없으면
천지가 되어라
나마저 없으면
천지가 내 속에 있어라
모든 것의 주인이 나이라

욕심

업이 두터운 자
진리공부를 못하는 것은
자기에 자기를 쌓으려 도를 하고
자기에 자기 만들려 하니
못하는 것이라
진리라는 것은 자기가 없이
참의 세계에 있는 것이니
찾으려는 마음에 진리가 없고
자기 번뇌 속에 진리가 없어라

주인

생각하는 것이
내 마음이라
내 마음 우주이라
일체의 모든 것
내 생각에 있어라

이 몸 없어도
천지에 내 마음 있으니
나는 죽지 않는
천지의 주인이라
모든 것이 내 속에 있지

생각

가라는 비는 가지 않고
오라는 비는 오지 않지
모든 사람이 바라는 마음 일체는
사람 생각에 있지 않고 저절로 되지
자기의 업에 따라 저절로 되지

무엇에 따르고 바라는 것은
삶에서 배운 하나의 업습이라
인생은 철이 없어 바라기만 하지만
그 바람은 자기의 생각이라
잘나고 못난 것은
사람의 생각이고 사람의 틀이라

복

복이란 하나의 가짐이지
사람은 누구나 복 받으려고 하지
하지만 사람이 바라는 복은
자기의 마음으로부터 오지
자기의 마음이란 자기가 행하여 온
기억과 모든 생각 일체이지
그 기억된 생각 일체에 따라
복이 오고 안 오고 하지

천복은 하늘의 복이니
하늘이 준 선물의 능력이고
인복은 사람의 복이니
사람의 인연으로 얻어지는 복이지
오복도 인연에 의한 하나의 복이나
이 복의 짓고 부숨도
나로 인해 있는 것이지
절하고 기도하면 복은 없되
그 시간만큼의 업을 지지 않으니
그 복을 가짐이지

복이란 나의 생각을 가진 데서 일어나서
그 생각에 따라 걱정이 없다는 것이고
보이지 않는 일체도
이로부터 일어나고 구해지는 것이지
그것이 복이나 사람은
그저 구하고 얻으려고만 하지
그 속에 복은 없지
복은 가지어 걱정 없음이지

세심(洗心)

자기가 찾아야
찾아지는 것이 진리라
자기가 닦아야
닦아지는 것이 진리라
진리라는 것은 참이기에
참이라는 것은 전체이기에
전체가 되지 않으면
참 진리를 찾을 수 없지
자기가 찾고 닦아야
진리를 찾을 수 있지

허상

구름 따라 바람 따라
가는 것도 허상
바람 구름에 얽매임
그것도 허상
사람이 사는
모든 것이 허상

사람은 그저 왔다
그저 가는 것이지만
사람이 만들고 살지
사람은 뜻 없이 삶 살며
그저 하늘에 닿으려 하나
하나의 참을 모르니
사람은 하늘에 못 닿지

집착

세월 따라 산 삶이
모두가 나의 집착이라
집착은 가짐이니
그 가짐에 나는 살았구나
그것은 일체의 모든 것을
잃게 하는 것이라
세상은 사람의
집착 속에 있어라

짐

인생의 가진 마음
모두 다 던지자
인생은 하나의
가질 것 없는 것을
사람이 그 마음에 얽매여
가지고 살아가려고 하니
사람은 뜻 없이 인생을 살다가
저 꾀에 저가 죽고 말지

집착된 마음인 상념체 벗자
그 짐 벗고 홀연히 살자
가질 것 가지더라도
업에는 매이지 말고 살자
그것만이 참의 너를 만드니
그것만이 살 수 있지

유정

제 3 부

버림 | 허공 | 세월 | 형체 | 인심 | 마음 | 일심(一心) | 유정 | 허공 | 공부 | 속박 | 마음 | 말 | 이목(耳目) | 심안(心眼) | 합일 | 사람 | 전생(前生) | 마음 | 구도(求道) | 어둠 | 이치 | 평범 | 해원(解冤) | 길 | 방황

버림

버림이란 집착을 버림이지
집착을 버림이란 다름 아닌 나 없음이지
사람의 집착은 생존의 삶에 의해
그것에 마음 씀이 집착이지
집착은 하나의 마음의 자기이지
그 마음의 자기는 기억된 생각이지
기억된 생각은 행해졌던 일이지
그것이 업이 되지

그 업을 벗는 방법은
다름 아닌 자기의 기억을 버림이지
이것이 회개이고
이것이 참회이고
이것이 마음 비움이고
이것이 마음 닦음이고
이것이 열반이지

허공

망념망상에서 벗어나라
그 망념망상은
너의 마음이 짓고 지우지
너의 마음이라는 것은
너의 지금까지 살아온
삶의 생각과 관습이니
그 관습으로 인하여
망념망상이 생기고
그것이 업이라

이것이 또 마음에 마음을 만드나
마음의 마음은 원래 없는 것이지
그 마음의 마음은
자기의 업의 소산이니
그 마음을 없애야
진실되고 참된 자기 되지
자기는 몸이 그대로 마음인데
그 몸 밖에 또 마음 만드니
이것이 성인과 평인의 차이지

마음은 하나의 허공이고
허공과 만상은 같지
같다는 이유는
없는 것이 있는 게 아닌
있음이 있음이나
그 있음을 사람 눈으로 보니 없지
실제 있는 것이
모양 바뀜밖에 없지
모양이란 사람이 만듦이지
원래는 그대로이지
그대로는 실제가 실제이고
있는 실제가 모두
허공이라는 뜻이지
허공은 모든 것을 다 내는
요술쟁이라는 뜻이지

세월

세월을 기다리는 것
사람의 마음이라
사람은 세월이 가도
세월이 와도 사는 것은
그것이 원래 있어서라
없는 것이 있으면
시비하고 사는 것이 사람이라

형체

삶과 죽음 둘 아니고 하나이라
사는 것과 죽는 것은 사람의 마음이라
일체의 모든 것은
그 형체 모든 것은
가고 옴이 일체 없는데
사람의 눈은 그 형체에 매여 있으니
사람은 근본의 참을 모르는 것이지

인심

인심이라는 것은
사람의 마음이라
인심 좋은 것은
사람 마음이 없는 것을
이야기하는 것이지

자기가 있어 하는 행은
인심이 나쁜 것이라
사람 심의 최고는
일체의 개체가 없이
행하고 사는 삶이라

마음

누구의 뜻인가
사람이 알지 못하는구나
모든 진리는 내 마음속에 있어라
일체는 내가 만든 것이라
내가 없으면 있는 모든 것 그냥 있고
내가 없으면 바름의 진리라

삶이 언제부터 가짐의 삶이 있었는지
사람들의 마음이 개인이 되니
순리가 아닌 것이라
모든 것의 자연을 사람들이 모르니
모든 것이 순리가 아니고
거짓의 삶에 진리가 보이지 않지

일심(一心)

서성이는 마음은
그 뜻이 여러 개이고
그 뜻과 생각 많음은 참행이 아니지
참행은 그대로의 실천이지
그대로의 실천은 몸 마음 하나이지
생각이 많은 이 세상서 성공 없고
성공하려면 마음에 마음이 없어야 하지
사람이 죽어지면 생각이 남고
그 생각이 자기를 만드니
그것이 개인의 자기이라
자기는 자기를 묶어 해탈 방법 없고
서성이는 마음만 마음에 남는다

유정

삶 죽음 둘이 아닌 것은
자기가 없으면 삶 죽음 둘이 아니지
천지만상 일체는 모두가 그것이라
개체 없으면 전체가 되고
전체 속에 마음은 영원한 것이지

무정이 있어 유정이 있는 것은
개체가 있어서이라
모든 것은 하나의 형체가 있고
그것의 마음이 유정인 것이라
분별심은 유정에서 사람이 만든 것이고
그것이 지혜를 못 가지는 요인이라

허공

허공을 쳐다보다
허공의 참뜻
나는 안 것이라
팔베개하고
말 없는 허공에
나는 고독을 느꼈으나
지금의 나는
그 허공의 주인이라
그 허공 나이라
나는 마음이 없는
허공이 제일 좋아라

공부

인생을 노래한다
자기가 없는 공부는
사람의 생각을 없애는 공부라
생각인 마음 없애고
걸림이 없어지면은
홀연히 우주와 하나 되는 것이지
내 마음에 걸림 없어라
내 마음 모두이어라
이 몸마저 죽고 보면
영생불사하는 신이 되지

속박

전인이라 하면
일체 부족함이 없고
생사가 둘 아닌 경지에
지혜를 가지고 있어야
전인이 되는 것이지
내 마음 없으면 번뇌망상에서
해탈이 되는 것이지
내 마음 없으면 번뇌망상에서
해탈이 되는 이유는
나라고 산 삶의
그 거짓 나가 마귀이니
그 마귀가 사람을 괴롭히고
그 마귀가 나를 고통으로
끌고 다니기 때문이지
살아서 생과 사가
둘 아님을 모르면
죽어서는 의식 없어
삶의 과(果)만 받지

마음 없음은 사람이
신으로 되는 길이고
마음 없음은 영생하는 길이라
이 세상에 보이는 만상은
모두 마음으로부터 왔다가
마음으로 되돌아감이 진리이나
사람이 지혜 없어
그 집착인 가짐에서 헤어나지 못하지
그 자기는 집착의 덩어리 되어
나의 자유를 없게 하지
자유란 스스로 존재함이고
자유란 원래 있으나
내 마음이 자유를
못 보게 하는 건
삶 때문이지

마음

번뜩인다 나의 마음이
날아간다 나의 마음이
헤매고 다닌다 나의 마음이
상의 상 짓는다 나의 마음이

우주가 된다 나의 마음이
우주에서 죽어본다 나의 마음이
나의 몸 마음 모두 죽인다 나의 마음이
나의 마음 몸 없어진다 나의 마음이

나는 허공 된다
나는 없다
나를 알고 보니
나 없으니 우주구나

우주는 하나의 허공이구나
나는 한량없이 크고
우주 그대로이구나
나의 마음 실상이 나이구나

말

한마디의 말 한마디
사람을 살린다
한마디의 말 한마디
사람을 죽인다
사람은 마음의 표현인
하나의 말에 죽고 살지
세상에서 최고 고귀한 말은
상대에게 진리 가르치는 말
그 말로 영원 세계 신계에 가지

사람은 세상 살면서
누구나 말을 하고 살지만
진리 아닌 말은 모두 거짓이지
참에 든 이는 거짓을 해도
그것이 참인 줄 사람이 모르지
사람의 깨달음이라는 것은
순간의 일이니
말로써 깨달음 얻는 이 있고
자기가 닦아 깨닫는 이도 있지

닦고 닦아 돌고 돌아도
의문 있으나
그 말에 깨달은 이 있으니
깨달음이란 순간의 알고 모르고지

진리란 그 자리에 있건만
사람이 찾아가는 길이
수억만 리가 되는 것은
자기의 업으로 인한 것이라
업이란 다름 아닌 아상이고
자기가 지금 짓고 부수는
하나의 살아온 관념 관습이니
이것이 업이라

업은 하나의 나를 만들어
그 업 때문에 진리 모르니
그 업 벗고 벗어야
진리에 이를 수 있지
진리는 하나의 가짐도 없고
진리는 하나의 얻는 바
없어야 이를 수 있지
진리는 업장으로 보이지 않으니

그 업장을 닦아야 하지
이것이 진리가 보이는 길이지

이목(耳目)

성경에 후일 구세주가 오면
만인이 다 본다 이야기하지만
만인이 사람 아님으로 기대하니
구세주가 보이지 않는 법이지
눈이 있는 자 볼 것이고
귀가 있는 자 들을 것이라는 말은
마음이 열려야 보고 듣고
할 수가 있다는 뜻이지
마음의 문이 닫혀 있으면
그 마음의 소리 들리지 않지

심안(心眼)

돈에 사는 자 돈에 살고
사랑에 사는 자 사랑에 산다
내 몸의 낙을 위하여 사는 것이지
이 몸 위해 살면 업장으로
마음의 눈이 어두워지는 법이라

마음의 눈뜬 자는 하늘에 살고
눈을 뜨지 못한 자는
번뇌의 허상에 살지
일체는 자기의 근원에 돌아가서
자기로 영생함이 진리라

합일

천인지는 하나이어라
천인지는 내 마음속에 있어라
이 천인지가 영원히 구원되는 것은
나와 우주가 둘이 아니고
하나로 되었으니
모두 구원됨이라
천국도 영생도 모두
내 마음 가운데 있고
나 없으면 나는 있되
우주와 둘이 아니구나
마음이 없고 그 마음 담은
마귀의 집을 없애면 영생이지

영생의 길이 먼 것은
사람이 마음을 없애는 방법과
습을 없애는 방법을 몰라서지
마음이 없으면
천인지가 하나인 나이어라
몸이 없으면 습이 없어져서

하나인 우주의 근원으로 돌아가서
그 우주가 나의 안에
내가 우주 안에
만물만상이 우주 안에
만물만상 안에 우주가 있으니
모두가 마음이 없고 개체가 없으면
일체가 하나이고
일체가 영생이라

사람

가는 곳에 가고
올 곳에 오는 것은
사는 삶이라
모든 것 일체는
가고 없어라
모두가 제자리에 있음을
아는 것이 사람이니
사람이 있어
천지가 있는 법이라

전생(前生)

전생이 무엇이냐
물어오는 이 있다면

이생의 태어난 곳
그때의 삶이다 이야기하지

나이 들어 지금의 삶이
무엇이냐고 물으면

나의 업에 의해 산다고
이야기하지

전생은 하나의
지금의 삶과 연결되지

형체의 가진 업에 의해
지금이 있고

지금은 후의 나를 만들지

그러니 업을 벗어야 하지

업 벗는 방법은 다름 아닌
지금 삶까지의 기억을 없앰이지

현생이 내생이고
전생이 현생이니

업은 현생만 벗으면 되지
현생이란 다름 아닌 지금 삶이지

지금 삶의 상념체가 업 되어
내생의 운명이 결정되지

인간은 현생 내생이 없지만
현생 내생을 구분하지

현생의 업 또한 내생이나
내생은 우주에 살면 내생이 없지

마음

마음에는 원래 마음
사람 마음이 있지

원래 마음이란 우주이고
사람의 마음은 생각이지

사람의 마음은 생존에 의해
자기를 만든 생각을 가져 있지

사람도 원래 우주마음이었으나
사람 마음의 가짐은

하나의 삶에서
갖춰진 것이지

그 사람 마음이 다름 아닌
하나의 자기를 만들었지

그러나 사람의 마음 또한

우주마음이지

사람의 마음은 상념체이지
우주마음은 화기(和氣)이지

사람 마음은 우주마음인
화기 속에 자기를 가지고 있지

사람이 원래 온 곳 가려면
자기 마음을 없애야지

자기 마음은 하나의 삶에서
굳어진 것이지

그것을 없앰은
기억나는 생각을 일체 벗음이지

벗지 않으면 자기 속에 살며
고통으로 죽어서도 짐 지지

사람의 마음과
사람의 생각은 같은 말이지

사람은 이것 몰라
도(道) 못하였지

원래로 우주가 가지 못하게 한 이유는
다름 아닌 원래 우주인데

사람이 만들고
사람이 부수고 하여서지

사람으로 나오면
사람에 맞는 마음이 나오고

짐승으로 나오면
짐승에 맞는 마음 나오지

사람과 일체 만상은
근본심이 같지
그것의 형체는
있지도 없지도 않지만

실존하는 실상이 있지
만상의 마음과 만상이 다 마음이지

마음은 원래 마음과
사람 마음과 만상이 다름없으나

하나의 아상(我相)이
원래 마음과 다른 것은

다름 아닌 가짐 때문이지
가짐 벗어야 완전함이지

구도(求道)

찾는 이 찾아가고
방랑자 방랑한다
열심인 자는 얻고
게으르고 믿음 없는 자
도(道) 얻지 못한다
두드리면 열릴 것이고
가는 자는 간다
우는 아이 젖 주고
길 묻는 이 길 가르친다
사람은 자기가 산 삶에 의해
찾고 못 찾는다

어둠

막혔던 도의 문
활짝 열렸어도
사람들은 열린 문 모른다
사람들은 마음의 눈이 없다
듣는 귀도 없다
열린 문은 보이지 않는다
사람들은 마귀의 꾐에 빠지고
참의 말귀가 없어
보고 듣지 못한다

이치

죽는 것이 두려워서
못 죽는 사람아
참으로 죽으면
죽음이 없는 이치 알 수 있으니
살아서 자기를 떠나는 공부인
도를 하여 보게나
죽어야 사는 이치라

평범

진리라는 것은
거창하고 아름답고
사람이 부러워하는 것에서
나오는 것이 아니고
평범하고 대수롭지 않은 곳에서 나오는 것이라
진리가 바로 내 옆에 있고
내 마음에 있어도 사람이 모르듯이
평범 중에 비범 있음을
사람들은 모르고 찾으려 하는구나

해원(解寃)

모든 것이
자기 마음에 있으니
참회도 마음이고
열반도 마음이라
생사일여도 마음이고
해원상생도 마음이라
내가 없어야 일체 구하지

길

도 찾아다닌다
많은 사람 수고가 많구나
없음도 찾음도 마음이건만
찾아가는 길 또한 없어라
사람이 괜히 자기 생각에
이것이다 저것이다 찾았구나
모든 것은 세월의 순리 몰라서라

방황

자기 찾아 헤매는 모든 이들아
세상을 살아가매 한숨 쉬지 마라
모든 것은 인생에 의하여서
일체가 이뤄짐이 순리 아니냐
세상에 시대가 안된 도 한다고
고생하여 본들 소용이 있나

일체의 모든 것은 순리에 의해
저절로 되어지는 것을 알고 살아가야지
사는 삶이 도이고 진리인 것을
그것 모르고 찾아 헤매었으니
일체는 이루어지지 않는 법이지

인식

제4부

진리 | 참회 | 삶 | 나 | 구원 | 허무 | 습(習) | 지혜 | 누님 | 인식 | 실상 | 제자리 | 근원 | 일치 | 구원 | 해탈 | 의식 | 실마음 | 참 소리 | 순리 | 초도(超道) | 초월 | 몸 | 마음 | 일체 | 세상

진리

사는 것이 진리라
죽는 것 진리라
보이는 것 진리라
보이지 않는 것 진리라
진리 보고도
사람이 진리 찾는다
사람의 마음이 닫혀서라

참회

찾아오는 사람은
모두가 한(恨) 가지고
참회를 한다고 하고 있구나
이것이 자기 것이다
생각하고 있구나
모든 것은 거짓의
자기 업(業)이라
이것이 사람 죽이는 것이라

삶

사는 것은
몸 있어 있는 것
이것은 내가 있어 있는 것
사람은 삶의 본능 가지니
그것에 매였구나

나

삶과 죽음
둘이 아닌 것은
내 속에 내가 있어라
내 속에 나는
나의 마음이라
이것은 원래 있음이라

구원

예수가 죽은 후에
재림예수가 오면
무덤에 있는 자가
부활한다는 말이 무엇이냐
깨치지 못하면
사람이 죽으니 무덤이고
자기의 원래를
찾으면 부활이지
일체는 모두가
내 마음 가운데 있고
구원되어 있음을 깨쳐서
무덤에서 나옴이 구원이지

허무

하늘마음이 무엇이냐
무심이 하늘마음
일체의 시비 없음이 하늘마음이지
삼월에 새싹들은 온다는 소리 없이
세상에 와서 살아가다가
소리 없이 세상을 가곤 하구나

인생 사는 것도 마찬가지 일이라
그 옛날 사람의 흔적이 없어라
먼 옛날 모든 이는
가고 오고 없는 경지
참의 세상 이치
모르고 살다 갔으니
애절한 마음만 남구나

습(習)

마음 닦아도 마음이 있는 것은
살아온 삶에 습이 있어서라
삶에 의하여 그것이
나의 몸에 배여 있어라
마음 없는 일체가 하나이나
그 습에 옛 한이 나오는 것이지
그 습을 버리고 이 몸이 없으면
이것이 초도(超道)고 대도(大道)라
나의 마음 몸 없어야
세상을 하나로 만들지

지혜

이 세상 모든 것이 유정으로 온 것을
유정으로 가게 하는 것 그것이 완전함이라
모든 것은 일체가 이미 깨쳐 있어도
사람은 지혜가 없어 이것을 알지 못하지
사람이 하늘이니 하늘의 지혜 밝히면
원래로 가게 할 수 있는 이치 나오지
이치는 너무 간단한 업과 습을 버림이라
업이란 자기의 삶이 업이지
습은 그 업이 살던 집이니 자기의 몸이라
업습을 벗는 것은
마음을 버리고 나를 일체 없게 함이라

누님

새하얀 손수건 전해주던 나의 누님
애절한 삶 속에 나를 지켜주고
나를 가난 속에서도 도움 주던 누님이
저세상 간 지가 몇 년이 지났구나
저수지의 새 풀잎에 움이 트니
누님의 생각 간절히 나고
그 정에 보답 없음이 나의 부끄러움이라
세상의 일체와 하나이고 영원한 세상에서
나와 함께 영생함으로 보답하리라

인식

영원히 사는 것은
변치 않는 마음이라
마음이란 진리의 마음
마음이란 생각도 마음
세상 일체도 모두가 마음이라
원래가 변치 않는 것이지

그 원래 속에 나의
인식의 마음이 있지
그것이 영생이고
그것이 모든 진리의 마지막이라
도는 그냥 있는 진리를 확인하는 것이고
진리에 가도록 짐을 벗는 것이지

실상

천지만상 모든 것이 나온 이전에
실상의 세계 있어라
만상이 오고 가고 하는 곳이라
천지 있는 모든 것은
자기 있어 있듯이
사람이 세상의 주인 되게
하늘은 하여 놓았지만
사람이 눈이 어두워
제 몫을 못 찾는다

제자리

모든 생명체는 그 마음이 주인이라
있는 모든 것이 마음이고
있는 일체는 그냥 우주이라
모든 것은 없어져도 그냥 있고
모래 하나에 우주가 그냥 있어라
모든 것은 제자리에 있음이 진리라

근원

없는 허공은 없음이 아니고
실체는 만물의 근원이 있지
그 근원은 무정이나
일체가 형체 있으면
만상에 유정의 마음이
있는 것이 진리이지

일치

내 마음 가운데 영생이 있는 것은
나와 우주가 둘이 아니고
내 마음은 나의 속에 있고
그 나의 속에 있는 것 우주이니
나와 우주는 둘이 아니지

구원

천지인 하나이어라
천지인은 내 마음속에 있어라
천지인이 영원히 구원되는 것은
나와 우주가 둘이 아니고
하나로 되었으니 모두가 구원됨이라
천국도 영생도 모두가
내 마음 가운데 있고
나 없으면 나는 있되
우주와 둘이 아니구나

해탈

내 속에 우주 있으면
일체의 모든 생각
일체의 행을 하되
그 모든 것이 나 아니어라
그것은 일체가 진리이니
진리는 이것저것에
분별심이 없어라
사는 삶이 진리인 것은
삶 속에 있지 않는 삶 살면
그것이 진리이지

의식

나의 의식은 우주의 화기이라
나의 생각과 마음이 우주인 것은
나의 관념을 일체 벗어던질 때지
의식인 나는 원래의 에너지이니
그것은 영생불멸하는 것이지
이 의식이 없으면 사람은 죽은 것이지
확실한 삶은 의식이 주가 되어야
참으로 사는 삶이니
의식이 가리어 자기의 업습에 사는 삶은
참 자기의 삶이 아닌 허에 사는 삶이지
허라는 것은 있는 대로 보는 대로가 아닌
자기의 망념에서 나오는 일체이지
참 자기를 잃고 삶에서 생긴
번뇌망상의 그림자가 허의 삶이지

실마음

실마음이라고 하는 것은
우주의 진공층 비진공층에 있는
우주의 보이지 않는 허공이 실마음이지
그러나 그 실마음은 허공이 아니고
인간의 능력으로 못 보나
실제는 형체가 있지
그 형체는 우주 공간 전부가
끈적끈적한 투명풀 형태이지

사람이 실마음이라 하는 것은
다름 아닌 실제로 존재하는 마음이지
실제 있는 것이나 사람의 눈에
형체가 없으니 없다 하지
이것이 사람을 미궁으로 넣어
이해를 못하게 한 것이지

실마음은 자기의 본래 마음이지
본래의 마음은 곧 자기이지

자기는 나의 원래 생각인 마음에서 왔기에
그 마음에 아무런 마음이 없어야
본래의 마음이 되지
마음이란 하나의 우주의 허공이나
그 마음이 또 만상이니
마음은 그대로이나
사람이 형체 있고 없고 분별하지

참 소리

누구의 목소리인가
진리를 듣는 자가 수많은 말을 했지만
그 뜻을 모르지
사람이 그 업의 사람을 낳고 낳아
사람은 모르누나 참의 소리를
하늘의 소리는 항시 참이고
하늘의 지혜는 항시 밝아라

그 옛날 한 옛날에도
진리의 소리 항시 있었지
사람이 사는 여건에 의하여
진리는 전해졌었지
사람이 적게 살고 교통이 없던 시절은
지역에 맞게 지역신이 있었고
그 지역신에게 사람은 빌었지

이제는 하늘 땅 사람 가운데
사람에게 진리가 있는 때지

순리

내가 비워져야 꽉 차는 법이지
내 마음 없으면
내가 그대로 우주이니
내 속에 우주가 그냥 있어라
일체의 만물만상이
이미 제자리에 있건만
하늘의 순리는 사람이 주가 되니
사람이 모두 깨치고
사람의 몸 없어져 사는 것도
우주의 순리에 의해 때가 있는 법이지
모든 것은 그냥 있되
사람이 성불치 못하면
그 차원이 달리 되는 것은
말이 없는 완전함의 일이어라

초도(超道)

도라고 하는 것은
완전하고 영원한 세계에 가는 것이라
도라고 하는 것은
가짐이 일체 없음이 정도이고 정법이라
모두가 가지려는 상극시대를 벗어나서
모두가 자기가 없어 하나 되는 세계가 되고
사상과 종교 철학도 모두 하나가 되어야
완전함의 세계가 되지

마음 없음이 대도(大道)요
음양도가 초도(超道)라
무정을 딛고 유정이 되는 것이 초도라
초도는 세상의 일체가 음양으로 지어지듯
삶 죽음이 없는 것이 음양도라
모든 것은 완전함으로 세상에 나서
완전함으로 있는 것이 진리이지

초월

세상 사람 사는 것은
몸이 있어서나
사람은 그 삶 속에서
진리를 모르고 살지
진리란 자기 밖의 삶이라
일체를 버려서 일체를 얻는 것은
산 삶의 흔적과
자기 몸을 없애는 것이지
진리는 천지만상 일체라

몸

내 몸이 우주인 것은
몸속에 우주 있어라
일체의 부족함이 없는 개체의 우주라
생각하고 말고가 내 속에 있어라
천지의 주인이 나이어라
일체는 모두 내 속에 있고
나는 개체지만 우주라

마음

영원히 사는 것은 나의 마음이라
나의 마음은 원래 있어라
나의 마음은 삶 죽음 없어라
나의 마음은 남도 나도 없어라
그대로이어라
세상의 모든 형체의 것들은
모두가 그냥 있어라
나의 마음은 영원히 있어라

일체

내 마음 가운데
일체 만상이 있어라
내 마음은 나이라
나와 세상 둘 아닌 것은
나의 마음이 없어서이라
세상 일체 모든 것에
마음이 없으면
모두가 하나이어라
개체 속에 전체가 있어라

세상

천지만상이 모두가
제자리에 있구나
일체는 모두가 그냥 있는데
수많은 사람이 제 마음대로
세상을 생각하는 것만큼
세상이 혼탁하여라
하나의 마음은 가짐 없는
원래의 마음이라
세상 밝음은 이것이라

완전

제 5 부

천지 | 하나 | 꿈 | 믿음 | 부활 | 영생 | 완전 | 본성 | 분별 | 음양 | 음양도 | 출현 | 등불 | 대도(大道) | 성인(聖人) | 도인(道人) | 신선 | 부처 | 무덤 | 망각 | 순리 | 원래 | 참 빛 | 물질

천지

천지 있어 사람 있었으나
사람 천지의 나이가 같아라
나는 원래 있는 그 마음이어라
내 마음 원래와 둘이 아니어라

인생 삶과 하늘 삶도 둘이 아니어라
세상 일체 내 마음 가운데 있으니
이것이 완전 세계라
사람 안에 천지 있음이 주인이라

하나

개체가 전체이고
전체가 개체이니
일체는 하나이라
세상의 모든 것이
하나이고 또 개체이라
유정의 마음은
개체가 있어 있는 것이지
개체가 영생하는 건
그대로 있음이지

꿈

눈 감으면 생각나는 모든 것은
나의 삶에 생긴 것이나
나는 그것의 노예가 되어서
그것이 참인 줄 알고
인생을 살다가 있었지요
근심 걱정 괴로움 슬픔도
일체가 그것이었는데
꿈 깨니 나는 그냥 있었어요

믿음

믿음은 그 말을 행하는 것
그 말대로 행하지 않으면
그 믿음 소용없어라
세상 사람들은 종교를 믿고 있으나
그 말의 참은 행치 않는구나
모든 것은 진리의
근본을 알라는 것인데
지나간 형체를 믿고 있구나

부활

사람이 영원히 사는 것을
사람들은 몸으로
사는 줄 알고 있으나
사람의 몸은 유한의 세상에서
삶을 살다가 죽지만
삶 죽음이 없는 깨침이 대도(大道)라
나는 영원히 살지
이것이 부활임은 깨침이 부활이니
새로이 태어남이지
만상만물 내 속에 있으니
영원히 살지

영생

영생이란 영원히
사는 것이 영생이지
생사일여도 마찬가지
내 마음은 원래 있어라
내 마음 그냥 있어라
영생하고 있는 것이라
나를 앎이 영생이고
나를 찾음이 영생이지
영생은 내 속에
모두가 그냥 있어라
일체는 내 안에 모두 있구나

완전

완전이란 낱말의 뜻은
그냥 있다는 것이라
일체의 만상은 모두가 깨쳐 있고
모두가 그냥 있어라
사람의 분별심으로 그냥 있는
완전함을 모르고 있구나
일체는 깨쳐 있고 나의 마음속에
일체 있음이 구원이지
마음이 사는 곳 실상세계가
내 마음 가운데 있어라

본성

새는 나는 것이 새의 본성
인간은 걷는 것이 인간의 본성
모든 것은 바르게 살아가고 있구나
일체는 있음이 완전함이구나
하나의 부족함이 일체 없구나

사람들은 자기가 지은 허상에 살구나
내 마음 없어야 일체가 있는 이치
이것이 내 속에 영생하는 것이고
이것은 하나의 부족함이 없어라
천지만상 내 안에 있음이 진리라

분별

배고프면 밥 먹고
잠 오면 잠잔다
도인이라고 하면
많은 사람이 무엇이
다른 줄 알고 있으나
사람과 같이 살고
행하는 것도 같으나
도인은 그것에
있지 않은 삶 살지

음양

밤낮이 있고
음지 양지 있어라
사람에게 남녀가 있고
사람에게 유정 무정이 있어라
일체가 음양으로 된 것이 완전함이라

음양도

도라는 것은
완전한 진리에 가서
사는 것까지가 도이지
완전도라는 것은
음양의 도이지
음양의 도가 사람을 살리지
어두운 시절의 모든 한과
모든 어두움이 없어지지

출현

진리는 유정 무정이 진리라
음의 시대란
유정의 시대가 음의 시대라
일체 만상이 나타남이 음이고
나타나지 않는 것이 양이라
도의 길이 나타나서
어두운 세상을 밝힌다

등불

세상 따라 나타난
천하 대도인 음양도가
세상을 밝게 밝혀
세상 사람 구원한다
시대의 모든 것은
때가 되어야 나타나는 법
그 시기가 지금이라
모든 것에 시간이 있지만
시간 없는 천지는
일체를 물샐틈없이
착오 없이 행하지

대도(大道)

견성이란 자기의 본성을 보는 것이고
성불이란 마음이 없어져서 자기에서 볼 때
천지만상과 하나가 되는 것이라
생사일여란 자기 속의 자기를 찾아
삶 죽음 둘 아님을 아는 것이라
실상세계는 마음 이전의 세상을 아는 것이지
유정 무정 진리에는
유무정이 완전한 도이라

무정의 진리 찾으려면 견성 성불이 있듯이
유정에도 견성 성불이 있는 것이라
유정에는 생사일여 견성을 하여
항시 몸 마음 둘 아닌 경지를 아는 것이지
아는 것은 항시 나와 밖이
둘이 아니어야 하고
항시 내 마음과 천지가
둘이 아니어야 하는 것이라
천하의 대도는 일체 모르는 것 없이
진리를 다 아는 것이라

있음 없음 하나이고
없음 있음 하나이니
이것이 유무정의 진리라
참 찾는 진리라고 하는 것은
있음이 없음이고 없음이 있음인 이치가
만고불변의 진리임을 밝히는 것이고
이것이 천하의 대도이고 음양도라
일체의 부족함이 하나 없고
더 알 것도 모를 것도 없는 것이
진리 중에 진리인 새 법이고 새 도이라

실상세계는 마음 이전에 있는
마음이 나온 곳에 있는 세계라
참의 세계는 변하지 않는 세계이고
참의 세계는 영생극락이라
삶 있으면 죽음 있고
죽음 있으면 삶이 있는 이치는
대도가 밝히는 것이라

성인(聖人)

성인은 일체의 자기가
없어야 성인이지
성인은 하나의 진리 속에
삶이 성인이지
이 세상 사람 모두가
성인이 될 수 있지만
성인이란 바름이 무엇인지
깨친 이가 성인이지
성인은 깨친 이지

둘도 없는 성인이란
다름 아닌 나 없는 이
그 길은 다름 아닌
자기의 업을 벗겨
진리에 도달한 자가
성인인 걸 알아야지
자기의 업이란
행하여 살아온 하나의 삶이지
그것을 없애야지

전생의 내재된
하나의 무의식의 나가
지금 생을 만들었으니
이것을 벗겨야 성인 되지

도인(道人)

도인의 행은
좋은 것은 좋은 것
나쁜 것은 나쁜 것
그러나 분별심이 일체 없어라
있는 생각 있어도 그 속에 없어라
모든 것 사람과 같으나
내 속에 내가 없는 것이 도인이라

도인이라고 하면
세상을 다 가진 자라
도인이라고 하면
행을 하되 행 속에
있지 않는 사람이니
사람 눈에 도인이 보이지 않는 법이지
도인은 사람 속에 그냥 살구나

도인의 바깥 행 속에는
도가 없는 법이라

사람의 겉에는 도가 없어라
보이지 않는 마음에 도 있고
도인 속에 진리가 있어라
도인은 사는 삶이 사람과 같아라

도인에게 상(相)이 없다는 말과
집착이 없다는 말과
모든 것을 떠났다는 말과
일체 가짐이 없다는 말은
도인은 그것을 다 가지고 있으나
그 속에 있지 않다는 말이니
사람이 보는 눈에 있지 않지

신선

신선이라는 것은
생사를 해탈하고
죽음과 삶이 둘 아닌 경지가 신선이지
신선이란 삶을 살되
삶 속에 있지 않는
순리의 삶이 신선이지
신선은 죽지 않는 것이 신선이지

부처

부처는
부처 짓을 하는 것이 부처라
부처로 태어나서
한 번은 사람 위해
사는 삶 살아야지
나만 위한 삶
청산하여 살아봐야지

무덤

잘살고 못살고
사람들이 시비하며 산다
잘산다는 것은
무덤에 거짓을 하는 것이
잘사는 것이고
못사는 것은
거짓을 할 줄 모르는 것이라
지혜 없는 사람 무덤이요
번뇌자 무덤이요
시비하는 자 무덤이요
갇혀 사는 자 무덤이라

망각

차라리 잊으리라
수많은 슬펐던 일들을
차라리 잊으리라
사람과 살았던 일들을
모든 사람 사는 삶 원망하면서
그 삶을 또 살아가고 있지만
집착에 사는 것은
자기의 망념이어라

순리

사람이 걱정을 하며
사는 것은 먹고삶이라
일체는 저절로 되는 이치
아는 자 없어라
만상은 태어나고 싶어 나온 것도
살고 싶어 사는 것도 아니지
모든 것은 조건에서 태어나고 살지

원래

어제의 삶이 있었음 아니요
오늘의 삶이 있었음 아니라
삶이란 나는 그냥 있었어라
삶이란 원래 그냥 있었어라
나의 형체에 속고 살았구나
세상의 모든 이는 원래 깨쳐 있고
세상의 모든 이는 그대로 원래이라

참 빛

진리는 머리에 있지 않지
진리는 마음의 눈을 떠야
진리가 보이는 법이라
모든 것은 참의 빛이 있어
가짐이 없는 마음이 될 때
일체를 볼 수 있는 이치가 진리지

물질

사람들이 가지려는 일체의 물질은
그것이 참 아니어서 남음이 없어라
남는 것은 진리인 원래이라
모든 것이 내가 있어 일체가 있고
나 없으면 일체가 없는 것도 또 진리라

개벽

제 6 부

새벽 | 포용 | 조화 | 사차원 | 시비 | 우리 | 개벽(開闢) | 한반도 | 경사(慶事) | 종주국(宗主國) | 천인지 합일 | 홍익인간 | 한국 | 바보 | 바람 | 가르침 | 도장(道場) | 행(行) | 서러움 | 길 | 하늘 | 완전 세계 | 경전(經典) | 천성(天性) | 섭리 | 고난

새벽

날이 새면 모든 것이 밝혀지지만
사람의 생각이 바뀌지 않으면
일체의 모든 것이 허사가 되지
세상의 모든 것은 삶에 의해 있고
모든 것은 무정에 유정이 있는 것이지
사람이 자기에 묶이면
날이 새도 샌 줄 모르지

포용

천지가 내 속에 모두 있으니
나는 부족함이 일체 없어라
모든 것의 주인이 나인 줄 모르고
그 속에 사는 삶 살았구나
모든 것의 주인 되니
더 가질래야 가질 것이 없구나

조화

자기에 의하여 삶을 살아가나
모든 것은 자연의 조화이라
만상이 있어야 세상의 일체가 있는 이치
이것이 순리이고 이것이 참이라
모든 것이 제자리에 있기만 하구나

사차원

세월은 인간에게 있는 것이지
사차원은 시공이 없어라
좋고 나쁨 기쁨 슬픔 맛 냄새
인간이 가지는 분별 없어라
그러나 또 있어라

시비

하나에서 만상만물이 나와
하나로 돌아가고
그 하나가 주인이나 사람들은
만상만물에 매이어 시비한다
있음 없음 둘 아님을 알려면
심안(心眼)을 떠야 하지

우리

우리가 우리이지
우리가 남인가
사람들의 생각은
자기만 있으니
우리이지 못하지
이 땅의 원래 사상 우리이어라
개인주의 사상은 자기만 있어
순리를 못 지키는 삶이라

개벽(開闢)

날이 새면 모든 이가 지혜 밝아져
옳고 그름 이치를 알 수 있지
삶 속에 살면서
일체의 번뇌 없지
일체의 나가 없지
모든 것 구속 없지
날이 새면 일체의 자유 얻고
모든 것이 자세히 밝혀지지
개벽은 일체가 다시 열리지

한반도

서러움 많고 한도 많은
무궁화 꽃 피는 이 땅에
천하의 대도(大道)가 출현함은
한(恨)을 한으로 갚음 아닌
자기 이겨서 벗어남이지

경사(慶事)

노래하고 춤을 춰보자
무엇이 바르고 무엇이 옳은지
누구나 알 수 있는 대도가 나왔다
대도는 이것저것에 막히지 않고
대도는 모든 것을 다 만들 수 있고
대도는 막힘 하나 없으니
노래하고 춤을 추자

종주국(宗主國)

도의 나라
세계의 으뜸이 되는 종주국
하늘 뜻이 함께하는
이 땅에 대도가 나오니
바로 종주국 만드는 것이라
선천의 밝지 못한 도가 아닌 밝은 도라
고뇌의 시대에 밝지 못한 것이
일체 밝혀지고 나타나는 때라

천인지 합일

천인지 합일 사상이라는 것은
세상 일체는 하나라는 것이지
선천에는 하늘이 으뜸이지만
지금은 사람이 으뜸인 시대라
천인지는 하나이고
사람 가운데 일체가 있으니
사람이 주인이라

홍익인간

홍익인간 이화세계
펼쳐지는 시기이라
이것은 무엇이냐
가짐 없는 것이고
우리인 것이라
모두가 평등하고
모두가 하나 되는
천인지 합일 사상을
모두 알고 행함이라

한국

무궁화 꽃 피는 한국 이 땅에
정도 많고 한도 많고
서러움도 많고 많은 이곳에
하늘의 진리가 함께하니
한이 많은 이 민족의
마음에 꽃이 핀다
모든 이 수많은 때 묻은 애환과
사연을 모두 날려 보내고
하늘 되어 하늘에서 함께 살자

바보

바보라 나를 말하는 것 들어봤소
실(實)을 이야기 바로 하니
그것을 바보라 하오
그러면서 실을 거짓으로 하니
그것이 똑똑한 이라 하오
너나 나나 세상 나서
바름이 무엇이고 틀림이 무엇인지
배우지를 못했소

참된 바보 본 대로 이야기가 참이나
거짓이 많으니 참말한 바보는
바보에서 헤어나지 못하고
그대로 바보 됐소
사람이 이것이요
나 바보 아니다 외치고 외쳐도
그 사람들 말이 나는 바보래요

바람

나 올 때는
바람 따라 세상에 와서
바람 따라 살다가
바람 따라 가는 것이라
천지만물도 나와 같아라
갈 곳 올 곳 없는 것은
천지만물 그대로 우주이니
가고 오고가 없어라

가르침

나는 도를 모른다
그런데 사람이 찾아온다
가르친 바 없지만
사람들 배운다 한다
원래는 도가 없고
진리도 없는 것이지
있는 것은 있고
없는 것은 없는 것이지
있는 것과 없는 것이
하나이고 분별 없음이지

도장(道場)

도장(道場)의 시간은
시간이 없어라
시간 가는 줄 나는 모른다
시간 오는 줄도 모른다
사는 삶이 아니라 나는 모른다
진리도 없어라
도(道)도 없어라
글 적는 나도 없어라

행(行)

나는 한 것이 없구나
나는 할 일도 또한 없어라
하는 모든 것에 생각도 없고
생각 속에 있지 않아
나는 한 일도 할 일도 없어라

서러움

내 마음에 서러움은 다름 아니고
천지에 하나밖에 없는 진리 가르치나
사람이 말 만들어 서러움이지요
자기 틀 속에서 생각하며
잣대를 자기에 맞추지요
인간을 밝은 눈 뜨게 함이
나의 숙명임을 알고 있지요

길

너의 마음 나의 마음 너는 나이므로
세상의 사람을 이끌고 가야 하는
너의 짐이 무겁기만 한데
너는 너의 길 아는 사람이니
조금의 실망도 하지 말고 살아가거라
인간이 사는 것이 별것이더냐
남 위한 삶을 살아가는 것도
아름답고 좋은 길인데
그 누구나 세상의 빛 되어 사는 삶을
살기가 힘이 드나 그것 가짐 너이니
행복이라면 복 중의 복이라면
그보다 더한 복이 어디에 있느냐
가는 사람 오는 사람 모두 모두 하나 되고
있는 진리 알아 모두 모두 깨치면
사는 삶이 하나의 빛이 되누나

하늘

하늘 이치는 그 마음 없어라
그 마음이 없다고 하는 것은
계획이 없어라
일체는 순리로 되어지는 것
생각 없어 저절로 되어진다는 뜻이지

마음 없으면 일체가 없지만
실상세계에 유정이 함께 있어라
일체가 그냥 있는
오묘한 이치를 앎이 도이고
내 마음이 하늘이어라

완전 세계

완전 세계는 사람들이
몸 벗고 사는 세계라
이곳은 사람의 마음 가운데 있어라
유정의 마음은 무정 속에서
시공간이 없어라
일체는 모두가 그냥 있으니 그러하지
사람의 생각으로 이해 못함은
마음이 있어서이지

경전(經典)

경전이라는 것은
원래의 자리를 이야기로 한 것인데
이것을 세인들이 알지 못하니
사람들은 그것을 멀리하고
아무것도 아닌 옛 상만 믿게 하고 있구나
날이 새면 모든 것들이
낱낱이 밝혀지는 때지
세상의 모든 이는 말에 묶여 있구나

천성(天性)

참은 원래가 맛도 없고
향도 없고 얻을 것도 없고
보이지도 들리지도 않고
즐거움도 없고
사랑도 정도 없어라
찾고 안 찾고는 자기 마음이고
도라고 하는 것은 그대로 있으나
사람이 도 한다는 것이 무엇이냐
자기의 자기를 만드는 것이
도 하는 것인 줄 알지만
지나온 삶을 모두
던져 버리고 사는 것이
도 하는 것이라

인생 아는 것은 세상에 없고
밝은 날을 기다리나
사람의 한숨 소리
천상에 사무치누나

무정에 유정이 있어
나는 천하에 진리를
전하고 전함이 나의 천성이라
많은 사람 살리는 것이
나의 뜻이라
나의 마음이라
나는 사람 생각에
잠자지 않은 날 많았지

섭리

기나긴 세월 속에
하늘의 뜻 전하려 해도
좋은 시절 세상에 왔건만
사람들이 뜻 모르고
세상을 살아가니
사람이 아는 건지 모르는 건지
알 수가 없구나
사람은 원래 앎이 없지만
자기의 업장 때문에
지혜가 없어서지
지혜란 진아의 표현인데
진아는 자기가 없어야 나오지

하늘은 원래 시 때가 있지
사람이 사는 것도
하늘의 뜻으로 사니

그 하늘의 뜻이란 다름 아닌
우주의 섭리이지

이 영향이 사람에게 미치니
그 시대마다 하늘은
인간을 구원하러
세상에 사람을 보내지
사람이어야 사람을 구원하지
사람이 아니고선 구원 못하지
사람도 우주의 섭리에 사니
후일에는 이 도가
만인을 살리는 도로써
세상에 영원하지

고난

고난은 삶이 있어
고난이 있지

그 삶이란 무엇이냐
그 삶은 다름 아닌
자기가 있음이지

자기가 있다 함은
다름 아닌 형체에
얽매여 있으니
고난이 있는 거지

그 고난 떨치는
방법이 하나 있지
그것이 무엇이냐
고난인 그곳에
살고 있으면 내가 없어야
그 고난이 없지

그 고난이
사람이 유난히 많이 지지

그 고난
사람이 지는 까닭은
집착과 아상과 아만 자존
일체를 벗지 못해 있지

그 고난이 원수 아니고
그 고난 아는 그놈이 원수

고난도 기쁨도
없는 것이 참세상

맺음 시

바른 도를 찾아 깨달음을 얻는 길

사람이 종교에 속고 책에 속고
사람에게 속고 속아 거짓말이 참 되고
참을 아는 이 없어 묻혀만 있다가
우주의 순리로 이 강토에 왔구나
각 종교에서 기다리던 그 참을 알아
이 강토 사람이 세상의 스승이 되니
아무리 똑똑해도 이것을 모르면
바보보다 못하고
바보도 이것 알면 만고의 완전한 성인이라
참이란 다름 아닌 바른 진리이고
참이란 영원히 변치 않음이고
참이란 영원영생함이라

지금의 종교 사회 정치 문화 모두가
바름이 아니기에 사람들이 불안해하나
참을 알면 모든 것이 거짓임을 알 수가 있고
참을 알면 성인이 될 수 있으니
참은 살아서도 죽어서도 영원영생

하느님 나라에 사는 것이라
참인 진리를 가르칠 자 없었는데
이 강토에 마침내 참 하늘이 오셨다
이 참의 진리세계에 가려면
나의 마음을 깨끗이 닦아
우주인 참나를 찾아야 한다

이것이 석가모니께서 깨달은 경지니
이제는 완전의 세상에서
완전한 깨달음을 얻으면
하느님을 만날 수 있고
신계(神界)에서 영원히 살 수 있음을
누구나 확인할 수가 있다

또 마음을 닦아 깨달음의 경지에 이르면
사람들을 구제하는 능력을 받아
전 세계에 나갈 성인이
한국에서 부지기수 나오니
이 도가 바로 각 종교에서
수천 년 동안 기다리던 완전함이라
누구나 성인이 될 기회가 마침내 왔으나
인간은 한정된 삶을 살기에

지금까지 믿고 따르던 종교에 얽매이면
잘못된 삶을 영원히 보상받을 길 없다

하늘은 성인을 낼 때 반드시
필요한 시기에 내는 것이라
이제 완전한 깨달음을 얻을 수 있는
진짜 기회가 바로 지금 왔으니
주저 없이 참 진리의 도(道)를 찾으라

마음

우 명 지음

초판 1쇄 발행　1998. 10. 3
2판 1쇄 발행　2001. 9. 1
3판 1쇄 발행　2005. 5. 11
3판 10쇄 발행　2017. 2. 6
4판 1쇄 발행　2017. 9. 11
4판 4쇄 발행　2024. 11. 11

발행인　최창희
발행처　참출판사(주)
서울시 마포구 성미산로3길 67　우편번호 03969
전화　02.325.4192
팩스　02.325.1569
E-mail　chambooks@hanmail.net
등록　2000. 12. 29(제13-1147호)

표지 및 내지 그림_ 우 명 선생

ISBN 978-89-87523-29-3
ISBN 978-89-87523-32-3(세트)

가격　8,000원
잘못된 책은 구입하신 곳이나 출판사에서 바꾸어 드립니다.